마니산 자락

박 서 혜 시 집

마니산 자락

도서출판 다인아트

차례

2010년 2월 11일,

아버지 곁으로 가신 엄마께 이 시집을 바친다.

1부 마니산

봄눈

생강나무가
겨우내 준비한
꽃봉오리를 열려고 하는데

시샘하듯 눈이 내린다

그러나

저 눈은

언 땅 녹이며
가문 땅 적시며

추위와 어둠 속에서
튼실하게 준비한
봄을

쑤욱 밀어 올릴 것이다

그리하여 마침내

생강나무들이
산자락을 환히 밝히면
산자락은 생강꽃 향기로
가득 찰 것이다.

마니산

비는 흩뿌리는데
진도, 달래와 함께 산을 오른다

지난 가을 낙엽들 비에 젖어
질펀히 누워 있고
돌아온 연초록 잎새들은
비를 달게 먹으며
진초록의 힘을 키우고 있다

마구 장난치며 산을 오르던
진도와 달래,
휘익 숲 속으로 사라진다

솔잎을 씹으며 느릿느릿
천제암 샘터에 이르니
휘익 사라졌던 진도와 달래,
또 어느새 헐떡이며 나타난다

떠 준 샘물이 생명수였던가,
진도와 달래, 깊은 눈빛으로
내 손과 팔 그리고 마음까지 핥는다

그 사이
이쁜 꿩 푸드득 날으고
이쁜 고라니 스윽 지나간다

이런 날은
기도가 되는 마니산이다

운무(雲霧)만 바라보아도
기도가 되는 마니산이다.

생강나무

눈은 계속 내리는데

생강나무는
벌써
꽃망울을 맺고 있다

생강나무가
봄을 그리듯
나도 봄이 그립다.

봄이 와도
나는,
芳年이 될 수 없지만
생강나무는
봄이 오기도 전에
꽃들을 피워낼 것이다

눈 속에서도
빈 가지에
꽃망울을 달고 있는
생강나무에게로

자꾸 몸이 기운다.

봄꽃에게 띄우는 연서

봄꽃이여,

돌아올 때마다 더욱 풍성하고 아름다워지니

아무래도 돌아갔던 그곳이

이곳보다 훨씬 더 좋은 곳이었나 보네

그곳이 그리 좋은 곳이라면

그곳의 면면을 좀 생생히 전해주시게

이곳의 삶

더욱 생생하고 풍성해질 수 있도록,

지난봄보다 더욱 풍성하고 아름답게 돌아온

봄꽃이여!

보리수

유월 햇살보다 더 빛나는
그 빛에 이끌려
하루에도 몇 번 씩
그 열매를
따
먹는다

달고 시고 떫은맛의
사금이 박힌 듯한
둥글고 긴 붉은 열매들,

먹을 때마다
입 속의 과즙이
마음을
툭툭 친다

유월 하늘 아래서

가을하늘처럼
맑고 높으라고
마음을
툭툭 친다.

봄처녀

봄나물을 캐고 있는
그녀 주위를
벌들이
날아다닌다

벌들은
그녀 귓가에 대고
봄이 왔다며
윙윙
날아다닌다

그래, 봄이다. 봄!

그러나
꿀 없는 나 어이하나?

순간,
그녀의 말을 알아들었다는 듯

벌들은
머얼리
날아가 버린다

진짜 봄처녀에게로 가나보다.

사월

홍매화 붉은 마당에서
까치들과 아침 인사를 하고
산꽃들 만나러
산을 오르다
후투티를 만나다
고 예쁜 후투티
나를 보는 순간
호르르 날아가 버린다

생강꽃 진달래 하얀 제비꽃
마음에 찍어
산길을 내려오는 데
날아가 버린 고 예쁜 후투티
내 마음에 앉아
연신 깃털짓이다
그 때 나무들 사이로
고라니 한 마리 스윽 지나간다

산길을 내려오니
냉이 달래 꽃다지 쑥 질경이들이
나물이 되겠다고
국이 되겠다고
푸르게 푸르게 웃고 있다.

깨알보다 작은 풀꽃 그리고...

산을 오를 때마다
산꽃들이
나를 반긴다

봄이라고, 여름이 오고 있다고,
헤아릴 수 없는 수많은 산꽃들이
매일 매일 마니산 자락을
싱싱 깨우고 있다

녹즙 같은 숲내음 속에서
그 수많은 산꽃들과
사랑을 주고받으면
순간, 나 있는 곳 어딘지도
잊어버린다

나 그들의 이름 모르고
그들 내 이름 몰라도
눈길만으로도
우리들의 사랑은
깊어만 간다

고향이 같은 우리들,
그리하여
서로 사랑할 수밖에 없는 우리들,

이름이 무슨 의미가 있으랴.

김매기

아서라 그만 뽑자
그들의 목숨을 좌지우지하지 말자
그러면서 또 뽑는다

뽑지 않으면 먹는 풀 먹기 힘들어지고
뽑지 않으면 먹는 알갱이 먹기 힘들어진다

어쩐다? 그러면서 또 뽑는다.

마니산자락

새들은
저 수많은 나무들도 모자라
전깃줄에까지 앉아
노래하는데

저 수많은 새들,
제각각
노래하는데

和音은 天然이라

그 화음에
마니산의 殘雪까지
純白을 보태니

산자락 사람들은
어쩔 수 없이
천연이 된다.

딱따구리

또

외벽을
쪼고 있다.

나무가 지천인
이 산자락에서

페인트칠한 스티로폼을

너는
저 큰 소나무도
저 큰 은행나무도
저 큰 느티나무도 보이지 않니

쪼는 소리에
고개 내밀고 소리 지르면
금방 도망가는 놈이

새로운 맛을 보겠다고
문명을 맛보겠다고

산자락의 모든 나무들이
너에게 손가락질을 하는 게
보이지 않니.

바 보 라 고!

비에 젖은 밤꽃을 바라보며

생강꽃이 봄을 열자

산은
초록으로
자꾸 짙어져가고
꽃들은
한없이 피어나고
한없이 지고 있다

봄꽃들 지고

감꽃도 지고

밤꽃들은
장맛비 속으로 스러진다

가을꽃 지기 전

밤송이 나를 콕콕 찌르고
달디 단 감 나를 흠뻑 적시려만

다가올
겨울을 어찌하나

함박눈의 서정도 춥기만한
이 산자락의 겨울을 어찌하나.

가을 하늘

들판을 가득 채운 벼들,

주렁주렁 매달린 감들,

소나무에서 노는 까치들,

대야의 물속으로 몸을 담그는 고추잠자리,

시든 과꽃 곁에서 피어나는 국화들,

양지에 앉아 졸고 있는 사마귀,

이런 지상의 풍경들이

가을을 타고

하늘로 오르고 있다.

늙은 트리오

해만 뜨면 햇살이 놀러오는
이 집의 노부부는
요즈음
아지의 거시기에 매달려 있습니다

15 년 동안 女色을 멀리한
아지의 거시기에 종양이 생겨
며칠 전
전신마취 수술을 받았습니다

행여나 잘못 될까,
노부부는 돋보기를 끼고
아침 저녁
잘 익은 홍시 다루 듯
아지의 거시기를 돌봅니다

하루는
놀러온 햇살이
그 광경 하 거시기하여
〈늙은 트리오〉란 제목의
사진을 한 장 박아버렸습니다

오늘도
마니산 자락 푸른 하늘엔
〈늙은 트리오〉
참 선명하게도 박혀 있습니다.

새들,

바싹 말라
초겨울 바람에 흔들리고 있는
해바라기들에게로
마니산 자락의 새들,
끊임없이
뽀뽀를 해대더니

겨울 지나고
봄 지나고
여름 오자

마니산 자락의 새들,

활짝 피기 시작한
해바라기들에게 눈길 던지며
푸른 하늘 속을
종횡무진
날아다닌다.

회의

꽁지 바짝 쳐들고
잔디밭에 옹기종기,

참 시끄럽다

의견 분분?

그 와중에도
때가 되니
일제히
푸드득 날아올라
부리에 감을 묻힌다

이 감나무에서
저 감나무로
햇살 끼고 온종일 시끌시끌,

햇살 엷어지자
꽁지에 파아란 하늘 한 자락씩 꿰어 차고
다시 잔디밭으로 모여든다

아직도 회의가 끝나지 않았나보다.

개구리

낮에는
그리 조용하던 개구리들이
밤이 오자
대합창을 시작한다

개구리들의 합창은
거대한 초침되어
마니산 자락을 장악한다

밤이 깊어 갈수록
초침 소리는
더욱 더 거대해져
나의 잠을 깨운다

유월의 깊은 밤,

낮에는 미처 닿지 못했던
새로운 세상으로
개구리들이
나를 데려가고 있다.

이삭

가을걷이 끝난 고구마 밭에
허리를 구부린다

쬐그만 놈
못 생긴 놈
비뚤어진 놈
구멍 난 놈
가늘고 길기만한 놈
생긴 것은 제멋대로지만
맛은
일품인 놈들,

에고고고

허리를 펴니
수레 속에
먼저 와 누운 놈들이
친한 척
붉으스레 웃는다

식구라고는
진도와 달래 두 놈 뿐인데
밭 한가운데 앉아
빨리 주우라고
많이 주우라고
침고인 눈빛을 던진다

우리는
다시 허리를 구부린다

靑靑 가을 하늘 아래서.

은행나무재

새소리
꽃빛
숲 내음
저녁노을

콩
수수
고추
고구마

끊임없이 사람을 살게하는,

말이 무색한,

사람과 자연이
하나인

우리들의 터.

2부 보름즈음

오시라, 이곳으로

어둠이 내리면
휘황해지는
도회의 불빛들은
별빛,
달빛
다 가려
하늘에 총총한
그리운 이들 볼 수 없고
달빛 아래
정답던 이웃들,
찾을 길 없네

사람들이여, 오시라!

밤마다
그리운 이들 하늘에 총총하고
보름 즈음이면
달빛 밝아 마실 즐겁고
구들 위의 찐 고구마와
평상 위의 수박이
자연의 소리와 함께
참으로 정다운
이곳으로!

온갖 생명들의
푸른 숨,

더욱 푸르러지고
이웃이 사촌인
이곳으로!

진강산.1

절대 애인인
60 년 연하의
조그마한 사내,

침 질질 흘리며
연신 뽀뽀를 해댄다

물보다 맑은
그의 침으로
세례를 받으며

나는
매일 매일 거듭난다.

진강산.2

우리 집에선
아침에 눈만 뜨면 보이는 두 산이 있다

남쪽엔 마니산,
북쪽엔 진강산

나는 거침없는 해와 달을 동무 삼아
마니산과 진강산을 바라보며 산다

매일 진강산(鎭江山)을 바라보며
나는 나의 절대 애인,
진강산(陣康珊)의 튼튼한 내일을 꿈꾼다.

보름 즈음

달빛에 글을 읽었다는
옛말을,
옛말이겠거니 하며
살아왔는데
오늘은 보름,
달빛에 마니산이 보인다

산자락에 처음 터를 잡았을 때
한밤중에 밖이 너무 환해
전등을 켜놓았나
몇 번이나 내다보곤 했었는데
이제는 밖이 환하면
밖의 경치를 즐긴다

마을의 집들과
마당의 키 큰 소나무는
그윽한 묵화 같고
마니산 능선은
준마의 등 같다

달빛 아래 서 있노라면
그들이 내뿜는
푸른 기운들이
내 안으로 쑤욱 들어온다

이런 날은 길도 밝아

산짐승들도 먹이를
제대로 찾아 먹을 것이다

한 달에 사나흘
개미도 보일 듯한
산자락 달빛!

아랫집 남자

마니산을 끝까지 오르면
누구든
참성단에 가 닿는다

사철 사람들은 마니산에 오르고
산에 오르면
거의 다 참성단에 닿아
큰 숨 내뱉으며
확 트인 서해를 바라본다

한 달 전 참성단이 바로 눈앞인
우리 마을로 이사 온
아랫집 남자,
아직도 젊은데 半身이 불편하시다
처음엔 지팡이 짚고 겨우 마당에 서 있더니
지금은 지팡이 짚고 마을을 돌아다닌다
그 집 앞을 지나가는데 오늘은 일취월장
지팡이 없이 화단에 물을 주고 있는 것이 아닌가
인사 겸 말을 건넸더니
마니산을 바라보며
그는 어눌하게 말한다

참성단에 꼭 오를 거라고!

겨울 논에서

겨울 논둑을 걷는다

쫙 펼쳐진 논 위엔
지난 가을을 추억하듯
군데군데 짚뭇들 누워 있고
언 논에선 먹이 찾던 오리들이
가까이 가기도 전에
후루루 날아오른다

참 미안타

먼 인기척에도
오리, 기러기들 다 날아올라
무리 지어 線 그리며
어딘가로 날아가는데
개 중엔 꼭 한두 마리
뒤처지는 놈들이 있다
그 놈들은 유독 시끄럽게 소리 지르며
날개 파닥이며 쫓아간다
한 놈만 뒤처졌을 땐
가히 비명이다

가깝고도 먼 하늘 아래서

저녁노을을 어깨에 반쯤 걸치고

겨우내
먹이 찾는 새들과
서해의 드센 바람과
가끔 먹이 찾아 내려오는 고라니와
동무하며
따뜻하고 하얀 쌀밥이 있는
논둑길을 걷고 있다.

저녁 무렵

물 찬 논엔
저녁노을 내려와
붉게
반짝이고

물 속 노을에서
먹이 찾던
오리 한 쌍,
먼 인기척에도
후루루 날아가 버리고

천지사방에선 개구리 소리
우렁차고

먼 산자락 인가에선
오늘도 무사히
등 하나 둘
켜지기 시작하는데

노을 비낀 하늘에선
여객기 한 대
어디론가 날아가고 있다.

어느 시골개의 혼잣말

나는
사람도 드문드문,
집들도 드문드문한
산자락 마을에 살고 있다
인적 없고 뼈 시린 산골의 한겨울이 가고
봄이 오더니 지금은 오월이다

내 집은 쓰다 버린 음식물 쓰레기통이다
주인은 쓰레기통 뉘어놓고 그 옆에 쇠막대기를 박아
나를 묶어놓았다
이유는 모르겠지만 내 집은 주인집 뒤에 있다
하루에 한 번 밥을 줄 때만 겨우 주인을 볼 수 있다
밥도 언제나 음식물찌꺼기다
개는 사람의 친구라는데
주인은 나를 친구로 생각하지 않나보다
그래도 이웃에선
개 짖는 소리 자주 들려오는데
개친구는 만나 본 적이 없다

너무나 할 일 없고 너무나 심심한 나는
하루 종일 쓰레기통 안에 쭈그리고 앉아 있다가
사람이라도 지나가면
끈이 닿는 데까지 목을 빼고 반갑게 짖어보지만
대부분의 사람들은 모른척하거나
시끄럽다고 윽박지르며 지나간다
그래도 지금은 오월이라

천지가 푸르고
산새 소리 끊임없는데
이 오월이 가고
헉헉대는 여름이 오면
만나 본 적 없는 이웃의 개친구들 중
몇몇은 이 지상에서 퇴출되어
그리운 개소리가 될 것이다.

겨울밤.1

얼음 같은 밤,

개들이 적막을 깬다

산동무들이
먹이를 찾으러
내려왔나보다

달이 먹이를 찾아주려나,
별들이 먹이를 찾아주려나,

쩔쩔 끓는 온돌에 누워서도
산동무들의 눈빛에 겨워

등이 시리다.

겨울밤.2

이렇듯
등 시린 깊은 밤에

아주 가깝게
고라니 울음소리 들려온다

비명 같다

춥고
배고프고
그리운,

그러나

봄은 곧 올 것이다.

반달

확 트인 겨울 논 한 곁에

조그마한 상수리나무 동산이 있다

그 동산에 등을 기댄 고즈넉한 집 한 채,

어둠이 내리자 창에 불이 켜진다

연극 무대 같다.

안개

기러기들이
몹시 요란하게 끼룩대는데
모습은 보이지 않는다

안개 속을 헤치며
어딘가로 가고 있을 기러기들,
서로를 놓치지 않으려고 연신 끼룩
끼룩 대고 있나보다

한 치 앞도 내다볼 수 없는
사람의 한평생도 저리하리니

저 끼룩대는 소리가
한없이 서러운

저물녘 안개 속.

함박눈

밤새 눈이 쌓여
우리집 마당도 눈밭이고
마당 건너
쌍둥이네 고추밭도 눈밭이다
겨우내 뽑지 않고 버려둔
고춧대 사이로
고라니 한 마리 슬쩍 보인다
오랫동안 고개 묻고 있더니
시선을 느꼈는지
경중 일어나
산 쪽으로 재빨리 사라진다

쨍쨍한 햇살에 쌓인 눈 반짝이고
눈은 녹지 않는다

눈으로 경계가 없어진 논들,
오후 산책으로
쌓인 눈에 발자국 찍으며
논둑길을 걸어 나가는데
내 인기척에
먹이 놓친 고라니 한 마리
또 경중 경중
재빨리 달아난다

내가 배가 고프다

눈 속에 발자국 두고
찻길을 건너려는데
찻길에 덩치 큰 고라니 한 마리
누워 계신다

그는 이제 배가 고프지 않을 것이다.

부락 방송

찬송가가 울려 퍼진다
어젯밤 달무리 그리 환하던
그 높은 곳으로
동네 어르신 한 분이 떠나셨다는
전갈이다

행진곡이 씩씩하게 울려 퍼진다
익어 넘실대는 누런 벼들과
멍석 위의 붉은 고추들이 눈에 선한
비료 무상 배급이라는
전갈이다

최진사댁 셋째 딸이 울려 퍼진다
주고받는 마음들이
햇살만큼 따뜻한 이웃들,
축하해야할 잔치가 있다는
전갈이다.

서쪽 어딘가에

기러기 떼들이
차가운 겨울 하늘을
날아간다

동쪽에서 서쪽으로

무어 그리 할말들이 많은지
끼룩끼룩 왁자그르르
어둑한 겨울 하늘을
깨우며 간다

아마도 서쪽 어딘가에
그들의 따뜻한 잠자리가
있나보다

....서쪽... 어딘가에...

200757845

오월이라
오동잎들 넓고 푸르게 삶을 펼치는데
우리 아지는 18 년 삶을 순간 접었다

이리 환한 오월 아침에...

두 눈 꼬옥 감기자
안녕도 없이
18 년 삶을 어둠에 눕힌다.

그 18 년

새록새록 되살아나는

아지와의 길,

도중(途中)이고 싶다

천지(天地)가 활짝 웃던

그 수많은 길들,

그리고

그의 체온(體溫).

무지개

비(碑) 대신
철 따라 심었던 꽃들,
차례로 지자
무지개 바람개비를
꽃 대신 심었다

바람결 따라
돌면 도는대로
쉬면 쉬는대로
소식을 전해준다

비 갠 뒤의 무지개처럼
그렇게
잘 있다고!

저녁연기

언 논에서
먹이 찾던 기러기들이
떼 지어
초저녁
마을 하늘을
소란스레 지날 때쯤이면
마을 어르신들은
아궁이에 불을 지핀다

마니산 삭정이들
활활 타올라
굴뚝마다 연기 피워 오르고
하늘엔
개밥바라기,
바로 눈앞인 듯
반짝이기 시작한다

어스름 속
온 마을을 휘감아 도는
저녁연기,

겨울 산자락의 짐승들까지도
따뜻하게
데워주고 있는 듯한
저 저녁연기,

도회 사람들은 모르리라

情 줄기 같은 저 하얀 연기가
하루를 잘 보냈다는
마을 사람들의 手信號라는 것을.

별에게로 가는 길

너무 멀어

갈 길 아득할 것 같았는데
이제 와 너를 바라보니
바로 눈앞이라

너에게로 가는 길,
사뭇
설레인다

왔던 길
피곤하였고
남은 길
피곤하여도

별,

너에게는

끝까지 걸어서
사뿐히
가
닿고 싶다

별, 너에게는.

3부 엄마

엄마.1

개찰구에 표 들여밀고
훌쩍 떠나버릴실가봐
아이들은
엄마의 손을 놓지 못한다

허공에 떠 있는 엄마,

어쩌다 지상으로 돌아오시면
손잡은 아이들에게
씨익 웃어주시기도 하신다

그렇게라도 잠시
지상으로 돌아오실 수 있다니
한없이 고마운 엄마.

끊은 표,
되물릴 수는 없을까.

엄마.2

사투 중인 엄마가 얼마나 아프신지
난 잘 모른다
사투 중인 엄마가 얼마나 힘드신지
난 잘 모른다

엄마를 바라보는
내 아픔만을 나는 안다
엄마를 바라보는
내 힘듦만을 나는 안다

세상사 이것 저것
안다고 생각한 60 년,
지난 삶이 참 불온(不穩)하구나

끝내 모르면서
나는 끝날 것이다.

엄마.3

엄마는 여전히
짙은 안개 속에 계신다

엄마가 즐겨 부르시던 노래가
TV에서 흘러나온다

지금

저 노래가

엄마의 짙은 안개를 뚫고

엄마에게 가 닿고 있을까

이렇듯

세월 흘러

엄마는 안개 속에 계시고

딸은 엄마의 노래를 듣고...

엄마.4

아버지는 하늘의 집으로 자리를 옮기시고
나는
아버지의 선인장을 내 집으로 옮긴 지
16 년,

올 겨울
선인장은
16 년 만에
조그맣고 하얀 꽃들을
생전의 웃음처럼
활짝 피웠다.

하늘의 집에서 엄마를 기다리시다
우리의 손을 놓지 않고 계시는 엄마가
너무 보고 싶어서
저리 꽃을 활짝 피우신 것이 아닐까

하얀 꽃들의 웃음 위로
겨울 햇살 한 줄기가
참 따뜻이도 내려앉는다.

엄마.5

중학교에 꼭 붙으라고
바다가 내려다보이던
우리 집 마당에서
엄마는
정화수 떠놓고 소지(燒紙)를 올리셨다

삶을 막 끝내신 엄마 앞에 서니
말도 잃으시고
눈빛도 잃으시고
음식마저도 잃으셨던
그 동안의 고통이 나를 덮친다

엄마 생전에
엄마를 위해
나, 소지 한 장 올린 적 있었던가,

마지막 순간까지
혼자 감당하신 그 고통을
나, 감당할 수 없어
엉엉 소리 내어 울 뿐이다.

엄마.6

선인장 꽃들이 다 지기도 전에
엄마는 아버지에게로 가셨다
우리들을 고아로 두고 가셨다

16 년만의 해후,
두 분의 만남은 어떠셨을까
만남의 기쁨이
우리들의 슬픔보다
더 컸을까.

뚝뚝 떨어진 선인장 꽃들
마르기 시작하는데
두 분,
해후의 기쁨
어떻게 감당하고 계실까
아직 남은 꽃 몇 송이처럼
하얗게 웃고 계실까

참 좋으시겠다
두 분은.

엄마.7

아버지 돌아가셨을 때는 마냥 슬펐는데
엄마 돌아가시니 그냥 불안하다

불안이 슬픔보다 깊은 것인가,

엄마가 없다.
엄마가 없다.
엄마가 없다.

정말 울 엄마가 없구나.

엄마.8

엄마 가신지 한 달 쯤 되던
어느 날 아침,

나도 모르게
울먹이다
흐느끼다
마침내
목 놓아 울기 시작했다

방성통곡(放聲痛哭),

예순 다섯이 되어서야
방성통곡이
무엇인가를 알게 된 것이다

절망.

나 살아 있는 한
그칠 수 없는 방성통곡.

엄마.9

엄마가 나 낳으신 날
드셨던 미역국을
오늘 내가 먹는다

그곳에도 미역국이 있는지 없는지
나 알 수 없지만

미역국의 임자인 엄마와 아버지,
작은 딸 생일 맞아
두 분도 미역국 맛있게 드셨음 참 좋겠다.

먹을수록 그릇 속의 미역이 흐려지는
생일 날 아침.

그곳이 하늘이라고,

그 곳이 어딘지 모르니
찾아 뵐 수도 없고
전화번호도 모르니
전화도 드릴 수 없고
계좌 번호도 모르니
용돈도 부쳐 드릴 수 없고

그곳이 하늘이라고,

참 막연하여

하늘과 가장 친한 곳,
교회엘 찾아갔다

하늘에 꼭 닿으리라 믿으며

기도로 문안드리고
찬송으로 부모님 은혜 불러드리고
하늘의 계좌번호인 헌금함에
용돈을 부쳐 드렸다

하늘이 너무 아득하기만 한

오늘은 어버이날.

밤하늘

산자락에서
밤하늘을 올려다보면
대개가 별 밭이라
저 수많은 별들 중
가장 빛나는 별은 울 아버지별이고
또 가장 빛나는 별은 울 엄마별인데
저 두 별 말고
저렇게 반짝이는 수많은 별들은
다 누구의 별일까,

가을바람 슬슬 불어오기 시작하는
산자락에서
별 밭인 밤하늘을 올려다보며
별마다 지녔을
지상의 삶들을 생각해 본다

저리 아득하여도
바로 우리들의 삶이였을,

저리 총총하여도
결코 총총하지만은 않았을,

이 밤,
별들을 오래 바라보고 있노라니
일면식 없었던 별들이
오랜 친구인 듯

씨이익
웃음을 던진다.

4부 앵두

흙

주시고 또 주신다

자식들의 먹는 모습 너무 어여뻐
하늘이 흔들려도
꿈쩍 않고
끊임없이 주신다

선조(先祖),

거룩하고도 거룩한 당신들의 몸.

생명

잡풀을 뽑다 그만
풀꽃 한 뿌리를 뽑았다

쌀알만한 노오란 꽃 한 송이가 핀,

미안해 도로 심어주었다

살겠다고 끈질기게 자라는 잡풀들,
잔디를 명분으로
아침저녁 잡풀들을 뿌리 채 뽑는
내 손길에는 전혀 미안함이 없었다

풀꽃과 잡풀 그리고 잔디,

그 무엇이 다르랴.

오가피

넓고
푸른
다섯 손가락,

쓰고 단,

뒷맛이 아주 단,
가피(加被) 같은 잎.

봄이 오면

이렇게 말하며 사람들은
제 나름대로의 희망을 건다
시린 발 동동거리며
봄이 오면 따뜻해지겠지,
먼 산 앙상한 가지들을 바라보며
봄이 오면 파릇파릇 새순이 돋겠지,
텅 빈 둥지를 들여다보며
봄이 오면 제비가 돌아오겠지,
山處 드문드문한 앞산을 오르며
봄이 오면 진달래 철쭉 흐드러지겠지,
적막한 가게를 지키며
봄이 오면 손님들이 물밀듯이 밀려오겠지,
복권을 쫙쫙 찢으며
봄이 오면 큰 박이 터지겠지
…봄이 오면…봄이 오면…
이렇게 말하며 사람들은 희망을 건다
봄이 오면! 그래, 봄 이 오 면.

연서(戀書)

땅에다

하늘에다

虛와

쏜에다

숨길따라

꾸우욱 눌러 쓴다.

예순

이제

추억들은

지상보다
하늘에 더 많이 있는 듯하다

하늘로 올라간
추억들은

밤이면
지독히도 반짝인다.

앵두

마당의 앵두나무

인터넷을 타고

이내

바다 저 쪽

아이들의 마당에 서 있다

빨간 보석 알알이 박힌 마니산자락의 앵두나무,

태평양을 훌쩍 건너

아이들에게

보석처럼 빛나라고

넌지시

앵두를 건넨다.

에미

다 키운 딸아이가 중병에 걸려
에미는 눈물의 바다다

그 바다를 생각만 해도
힘겹게 아리다

그 바다 옥토(沃土)되어
이 세상의 꽃이란 꽃 다 모여
뭉텅 뭉텅 피어났으면 좋겠다.

텅 빈 마을

오늘 저녁은
그리 그윽하던
소들의 울음소리 들리지 않을 것이다

해질녘이면 밥 달라고 울던
새마을 지도자네 소들,

손주가 오면 손잡고 음메 보러 가던 곳,

우리 마을엔 소들의 집은 그곳 한 곳이었다

어젯밤 그들은
환한 탐조등 아래
기중기의 도움으로
그들의 집, 외양간 바로 앞
마당 속으로 이사를 했다.

오늘 아침엔
그들의 먹이였던 짚뭇과 옥수수 대들이
이사한 그곳 위에
마구 던져지더니
불타기 시작한다

불꽃도 없이 피어오르는 검은 연기,

텅 빈 마을,

오래 갈 것 같다.

마음을 씻다

소나기 한바탕 지나가고 난
바다 위에 무지개가 선다

민박집 강아지 꼬리에도
무지개가 서고
툇마루에 앉아 옥수수 질겅대는
우리들의 낡은 마음에도
무지개가 선다

기억 저 편
유년의 어느 날 보았던 무지개를
이곳에서 보고 있는 것이다

2000년 8월 17일 늦은 오후의
무의도.

유행가

지상의 삶들,

곰삭아

음표가 되니

다들,

제 노래라

즐겨 부르네.

쓸쓸한 날

철 지난 유행가들이
물결처럼 흘러 다니는 날.

작약

함박웃음으로
태양을 통째 껴안고
그렇게 한 열흘,

누구든
일생에 한 번은
저렇게 피었으리

그리고

누구든
일생에 한 번은
저렇게 피리.

불

속 단단한 집이었다

어느 날
눈 먼 담배꽁초가
그 단단한 속들을
다 녹여버렸다

씻고 닦고 칠하여
외양은 돌아왔건만
기러기 퇴근하는 소리에도
집은
텅텅 울린다

남은 삶을 위하여 마련한
마니산 자락의 집,

지난 삶보다 남은 삶이
더 흥미진진한 삶일 거라고,

더 속 단단한 집을 만들 수 있다고,

불이 우리를 일으키고 있다.

수요일

수요일이면 나는
애인들을 만나기 위해
혹한에도 꽃빛 자지러지는
자유의 언덕을 오른다

마음에 침 발라 찜만하면
하늘도
바다도
바람까지도
다 내 것이 될 수 있는 곳,

수요일이면
우리 애인들은
그 자유의 언덕에서
서로의 生涯를 나누며
서로가 서로에게
한없이 귀한 선물이 된다.

슬픈 밥

더 이상

밥을 먹을 수 없는
그들에게
잠깐
머리 조아린 후
사람들은
향내 속에서
부지런히 밥을 먹고
또 다음 밥을 위하여
제 갈 길을 향해 나선다

몇몇은
빠른 걸음으로
앞만 바라보며
열쇠들을 챙기고
또 몇몇은
느린 걸음으로
하늘을 올려다보며
웬 눈발이 이리 싱싱하지,
중얼거리기도 한다.

추파(秋波)

어린 날,
그리 근사하지도 않은
세상 것들에게
희망처럼
추파를
던진 적 있었네

세월 흘러

저물녘,

산안개와
바다안개가
써늘히 만나는
산자락에 닿아

알 수 없는 영역,
그곳으로

白끔낀 추파를
희망으로
던지고 있네.

얼굴을 가리다

세계 곳곳의 수많은 사람들이 인류의 평화를 위해
목숨 걸고 바그다드로 가고 있는데, 나는
승용차를 탄 채 바다 건너 낙조를 보러 갔던 것이다.
바그다드의 인간방패들은 죽음도 불사하고 바그다드를
지키고 있는데 나는 낙조가 시원치 않다고
투덜거렸던 것이다. 바그다드의 수많은 어린이들은
약이 없어 죽고, 죽어가고 있는데 나는 매운탕의 우럭이
산 것이었나 죽은 것이었나에 골몰하였던 것이다
미국에 살고 있는 딸과 손녀들의 미래를 위해
인간방패가 되었다는 미국인 전직 여교사는
울먹이며 호소하고 있는데 나는 남의 불륜에
귀 기울이며 시시덕거렸던 것이다. 바그다드의
인간방패들은 전쟁이 끝날 때까지 바그다드를
지키겠다고 결연하고 있는데 나는 등대도 없는
밤바다만 바라보고 있었던 것이다.

얼굴을 가려도 가려지지 않는 오늘이다.

축복

안 아픈 곳이 없다고
짜증을 부리다

자라보지도 못한
어린이들이
늙어보지도 못한
젊은이들이
곳곳에서
병마와 사투를 벌이고 있는데

때로는
무심한 하늘로 오르기도 하는데

자라도 보고
늙어도 보고 있는 지금,

좀 아프면 어떻고
좀 둔하면 어떠랴

이렇게
여기까지 왔는데...

참 고마운 날들이다.

지상과 천상의 회통(回通),
불연기연(不然其然)의 시세계

유봉희 _ 인하대 인문학부 강사

박서혜 시인의 네 번째 시집 『하늘 어귀』(다인아트, 2003) 해설 말미에 문학평론가 김창수 선배는 다음과 같이 적었던 터다.

이 시집이 출간될 무렵 박서혜 시인은 오랜 인천시대를 마감하고 강화로 이주하게 될 것이다.(…) '빽빽한 집들 사이'의 삶을 안타까워하며 그가 오래 꿈꿔온 '울창한 숲 속에 집 한 채'의 삶이 시작될 것이다.(…) 그의 다음 시집에는 강화의 바람과 땅과 나무들, 그리고 이웃들이 새로이 담길 것임을 믿으며, '버리고' 간 도시에 대한 재성찰도 담길 것임을 기대한다.

그래서 반갑다. 이번 시집엔 강화의 바람과 땅과 나무들, 그리고 이웃들이 오롯이 담겨 있다. 시인은 외친다, '사람들이여, 오시라!', '참으로 정다운 이곳으로'라고. 이번 시집은 '강화 시편'이라 해도 좋을 정도로 진정 강화도 화도면 문산리 마니산 자락의 풍경(風景)으로 가득 차 있다. 분명 '풍경(風景)'이건만 풍경 그 자체로 그치지 않는다. 그것이 '풍경(風磬) 소리'로 들려오는 이유는 무엇일까? 사찰이나 누각 등의 처마 끝에 다는 경쇠로 바람 부는 대로 소리가 나는 풍경은 그 자체로 잠언이다.
　어쩌면 박서혜 시인이 보내온 강화의 풍경(風磬) 소리는 '풍경(風景)의 현상학'일 수도, '풍경(風景)의 존재론적 철학'일 수도 있겠다. 붓으로 글로 그 어느 것으로든, 풍경(風景)을 '그려 낸다'고 할 때 진경(眞景)과 실경(實景)은 존재하지 않기 때문이다. "어떠한 사물이나 현상도 그 자체로 고유하고 독자적인 의미를 지니지 않는다"는 서구 구조주의자들을 거추장스럽게 들먹이지 않아도 조선시대 화가 겸재(謙齋) 정선(鄭敾)의 그림을 보면 알 수가 있다. 우리는 그의 화풍을 보고, 산수(山水)를 사실감 넘치게 그렸다 하여 '진경산수화(眞景山水畵)'라 하지만 어찌 그것이 진경이고 실경이겠는가. 분명 인식론적 개입이 있을 때만 정선의 그림은 진경·실경으로 명명될 수 있고, 그에 값한다.

이유가 있다. 그동안 박서혜 시를 평한 많은 논자들의 공통된 시각 중 하나가 대상을 단순하고 명료하게 객관화한다는 것이었기 때문이다. "그는 책략이나 포즈를 배제한다. 그가 획득한 투명성은 지금껏 언어와 씨름해온 결과이지만, 객관적 묘사의 형식을 즐겨 사용하는 특유의 방법론에 기인하다."는 평가는 대표적이다. 좋은 평가다. 이번 시집에서도 적용 가능한 이야기다. 함정이 있기는 하다. 시어에 과도한 의미를 부여한 나머지 자칫 박서혜 시가 자연에 대한 감흥이나 정신의지를 비유적 이미지를 통해 노래한 시와는 확연히 구분된다는 뜻으로 받아들일 소지를 제공할 수 있기 때문이다. 그동안 우리는 '허방의 다리'에서 박서혜 시를 보아온 것은 아닌가? 박서혜 시인은 진정 포즈와 책략을 포기한 것일까? 되물어야 한다.

모든 예술에서 '책략과 포즈'는 배제의 대상일 수가 없다. 배제도 하나의 전략이다. 이런 차원에서 시인이 마주한 풍경(風景)을 어떻게 언어로, 그것도 가급적 표백된 표현으로 풍경(風磬) 소리로 내면화 하는지 알아보는 것이 이번 시집을 이해하는 하나의 독법이 될 것도 같다. 이것은 박서혜 시인의 사유체계를 파악하는 것이기도 하다. 힘에 부치는 작업이다. 네 번째와 이번 시집에 한정해 작품 속으로 들어가 보기로 한다.

네 번째 시집 『하늘 어귀』 제1부에서 시인은 장자(莊子)를 거론하고 작품 제목으로 「인연(因緣)」을 등장시키기도 한다. 장자는 도는 시작도 끝도 없고 한계나 경계도 없다고 했다. 사물은 저절로 흘러가도록 내버려두어야 하며 사람들은 이 상태가 저 상태보다 낫다는 가치판단을 해서는 안 된다고도 했다. 인식에 대한 철저한 상대성은 『장자』에 나오는 유명한 「나비의 꿈(胡蝶之夢)」에 잘 나타나 있다.

"언젠가 나 장주는 나비가 되어 즐거웠던 꿈을 꾸었다. 나 자신이 매우 즐거웠음을 알았지만, 내가 장주였던 것을 몰랐다. 갑자기 깨고 나니 나는 분명희 장주였다. 그가 나비였던 꿈을 꾼 장주였는지 그것이 장주였던 꿈을 꾼 나비였는지 나는 모른다. 장주와 나비 사이에는 어떤 차이가 있음은 틀림없다. 이것을 일컬어 사물의 변환이라 한다."

모든 경험이나 지각의 상대성은 '만물의 통일성(萬物齊同)'과 밀접하게 연관되어 있다는 뜻으로 해석한다.

몸만 남으셨네

갓난 노인,

죽음과 배내짓하듯
놀고 계시네.

―「하늘 어귀(於口)- 1」 전문

박서혜 시인의 네 번째 시집 『하늘 어귀(於口)』 첫 머리에 실은 작품이다. 시인은 육친의 죽음 앞에서 놀랍도록 냉정하고, 단정하다. 노인이 갓난아이로, 죽음이 생명으로 재탄생하는 순간이다. 온갖 봉인으로부터 해방이며, 온갖 사슬로부터 풀어짐이다. 장자적 사유의 일단을 엿볼 수가 있다. 그렇지 않았다면 시인은 참으로 힘겨워 했을 것이다. 시인은 다음과 같이 고백한다.

심재(心齋), 마음을 굶기라고,

겨울 끄트머리에 서서
꽁꽁 언 땅이 녹으려
애써 푸푸대는 모습을,
그런 모습의 흙을 바라보노라면
나는 언제나 서러웠다.

올 봄엔
애써 푸푸대는 흙을 바라보아도
마음이 참 고요하다

지난 겨울,
나는 어쨌든
장자(莊子)를 읽었던 것이다

-「봄맞이」 전문

봄이 오는 기운을 느끼는 땅의 생명 소리에 늘 서러웠던 시인이었다. 생명들의 바지락거리는 소리는 시인에게 죽음을 연상케 하는 잔혹함이었기 때문이다. 고요하단다, 이제 시인은. 심재(心齋), 마음을 닦는 차원을 넘어 '굶기는' 지경까지 자신을 몰아친 후에 얻는 교요다. 시인은 그것을 "장자를 읽었다"

로 표현했다. 경험과 지각의 상대성을 통일성으로 재배치한 것이다. 이른바 중생(重生)이다. 그래서 시인은 「석류나무」를 보고 "꽃이 피었다/다시 그 자리에 꽃이 피었다"고 하고 "다시 그 자리에 /꽃을 피우고 또 피운다"고 노래할 수 있었다. 꽃의 과거와 현재, 미래를 하나로 보는 눈을 가질 수 있었던 것이다.

　삶과 죽음, 지고 피는 것, 노인과 갓난 아이 등은 결코 단순한 역설의 명제로만 파악해선 곤란하다. 불연기연(不然其然), 즉 '그렇다, 아니다'를 재음미해야 하는 이유가 여기에 있다. 불연기연(不然其然)을 현상은 인식 가능하고(其然), 현상의 배후에서 현상을 존재케 한 본질은 인식불가능(不然)하다는 의미로 해석할 수도 있다. 이러한 소극적 해석을 넘어설 때 인식의 새로운 지평이 열린다. 그것은 다름 아닌 현상과 현상의 배후에 놓여 있는 상보성을 찾는 작업이 될 것이다. 다의적인 존재들이 몇 가지 진리값으로 규정되어서도 안 되고 규명될 수도 없는 이치를 깨우치는 과정이기도 하다. 여기에서 이치논리는 무의미한 것이다. 그곳에는 존재의 차별화와 가치의 위계질서는 스며들지 않는다. 이번 시집에서도 이러한 노력들은 곳곳에서 발견할 수가 있다.

　　끊임없이 사람을 살게 하는,// 말이 무색한,//사람과 자연이/하나인//우리들의 터.
―「은행나무」 중에서

　　풀꽃과 잡풀 그리고 잔디,//그 무엇이 다르랴.
―「생명」 중에서

　　나 그들의 이름 모르고
　　그들 내 이름 몰라도
　　눈길만으로도

우리들의 사랑은 더 깊어간다

고향이 같은 우리들,
그리하여
서로 사랑할 수밖에 없는 우리들,

이름이 무슨 의미가 있으랴.

―「깨알보다 작은 풀꽃 그리고…」중에서

여기서 '이름'은 존재의 처소(處所)를 가리키다. "이름이 무슨 의미가 있으랴"고 할 때 '처소기억(處所記憶)'은 홀연히 사라지고 그 자리엔 '우리들'이 자리한다. 안과 밖의 경계란 하나의 형이상학이란 것을 시인은 절감하고 있는 것이다. 이것은 단순한 명상 속에서 얻은 결과물이 아니다. 강화로 이주한 이후 시인이 '들판을 가득 채운 벼들'과 저물녘 '기러기들이 요란하게 끼룩대는 모습'을 보며, '겨울 논둑을 걸으며' 몇 년 동안 곳곳에서 만난 숱한 유정(有情)속에서 길어 올린 체험의 조각들이다. 이번 시집 곳곳엔, 아니 전체가 푸르고 때론 춥고, 외롭고 쓸쓸한, 고즈넉한 강화의 풍경들이다. 모든 유정은 자신의 인(因)으로 태어난다. 그것으로만 그칠까? 연(緣)이란 안을 넘어선 밖과 만날 때 유정은 온전하다. 이것을 인연(因緣)이라 하지 않던가. 시인 또한 유정의 한 조각으로, 강화를 만나 온전한 유정으로 다시 태어난 것이다. 본인이 의식하든 의식하지 않았든 이번 시집으로 시인은 네 번째 시집에서 보여준 불연기연(不然其然)의 사유를 한층 깊게 하고 있다. 그래서 강화는 시인에게 복음(福音)이자 중생(重生)의 터로 자리한다.
 본디 박서혜 시인은 '하늘의 시인'이라 말해도 좋을 정도로 시 제목이나 시어들에 '하늘'이 많이 등장한다. 이번 시집에서도 하늘은 여전하되 여전하지 않다. 한층 가깝고 한층 깊어졌다. 시집에서 '먼 하늘'은 가물가물하다. 이 때 하늘은 모순과 비동일성의 실존을 넘어서려는 고투의 산물로 다가온다. 우선 시인은 다음과 같이 자신을 돌이킨다.

이제

추억들은

지상보다
하늘에 더 많이 있는 듯하다

하늘로 올라간
추억들은

밤이면
지독히도 반짝인다.

—「예순」전문

이럴 때 시인의 마음은 어떠했을까?「저물녘」에서 표현한 '한 치 앞도 내다볼 수 없는/사람의 한평생도 저리하리니//저 끼룩대는 소리가/한없이 서러운//저물녘 안개 속.' 의 세계는 얼마나 처연한가.

철 지난 유행가들이
물결처럼 흘러 다니는 날.

—「쓸쓸한 날」 전문

이 처연함을 시인은 추억이란 이름으로 봉인한다. 그럼, '밤이면 지독히도 반짝이는' 추억은 무엇인가? 우리는 "추억마저도" 하며 입버릇처럼 추억을 쉽게 뇌까리기도 하지만 추억은 살아온 날들의 총체일 수가 있다. 쓸쓸하지만 담담하게, 단단히 매어 시인은 그것을 하늘로 올려놓는다. 쉽지 않은 일이다. 다음, 이렇게 말하고 있다.

자라도 보고
늙어도 보고 있는 지금,

좀 아프면 어떻고
좀 둔하면 어떠랴

이렇게
여기까지 왔는데…

　　　　　　－「축복」중에서

깨끗이 인정할 것은 인정해버리는 이 단호함과 담백함이 시인 박서혜의 인간적 미덕이다. 나 같은 젊은 것은 예순을 넘어선 시인의 마음을 알 길이 없다. 내겐 슬픔이 묻어나는 작품이기도 하다. 이 경계를 시인은 날쌔게 넘나든다.

봄으로 돌아온 그대여,

그곳이 그리 좋은 곳이라면

이곳의 삶,

더욱 生生할 수 있도록

그곳의 면면을 좀 전해주시게

더욱 풍성하고 아름다운

봄꽃으로 돌아온 그대여.

−「봄꽃에게 띄우는 연서」 중에서

천상을 염두에 두고 있지만 시인은 지상의 '生生한' 삶을 포기하지 않고 있다. 그래서 박서혜의 시는 더욱 발랄하고 젊은 기운을 뿜고 있는지도 모른다. 동양적 무위(無爲)와 허적(虛寂)의 세계와는 일정한 거리를 두고 있는 데서 비롯한 것으로 보인다. 기실, 무위와 허적의 세계 또한 언어의 외피를 벗어내면 모두가 존재의 비의를 탐구하자는 것에서 출발한 것 아니겠는가. 궁극적으로 존재의 초월이 아니라 존재를 다시 확인하는 자리로, 시인에게 하늘은 각별한 것이다. 그래서 시인은 선미적(禪味的) 풍모를 흉내 내지 않는다. 박서혜 시를 이해하는 중요한 지점이다. 다음의 시를 보자. 아주 덤덤하고 지극히 평범하다.

땅에다

하늘에다

虛와

空에다

숨길따라

꾸우욱 눌러 쓴다.

　　－「연서(戀書)」전문

　내용에서는 불교나 도교 등 동양의 미학과 친연성을 지니나 형식적 측면은 담담하게 말하기 방식을 취하고 있다. '말없음의 말', '여백의 사유와 긴장'의 선(禪)적 미감이 표나게 나타나고 있지 않다. 박서혜 시에서 나타나고 있는 언어의 투명성과 객관성은 이것을 보완해 주는 기제로 작용하고 있다. 이것이 박서혜 시인이 선택한 하나의 전략과 포즈로 보인다. 비유적이고 다의적 언어 대신 객관적 표현으로 말하는 방식, 이것이 박서혜 시의 특질 중 하나가 될 것이다.
　이렇게 걸어 온 박서혜 시는 다음에 이르러 '별'로 하나가 된다.

너무 멀어

갈 길 아득할 것 같았는데
이제 와 너를 바라보니
바로 눈앞이라

너에게로 가는 길,
사뭇 설레인다

왔던 길
피곤하였고

남은 길
피곤하여도

별,

너에게는

끝까지 걸어서
사뿐히
가
닿고 싶다

별, 너에게는.

　　　　　　　　　　　　　　　ㅡ「별에게 가는 길」 전문

　박서혜 시에서 '별'로 명명되지는 않아도 별은 무수히 뜨고
진다. 이 시에서 별은 시인에게 간절히 다가온다, 절실하다.
'너에게는 별, 너에게는'이라 강조하고 '피곤하여도', '끝까지 걸
어서', '가 닿고 싶다'는 별, 그것의 정체는 무엇인가? '정화수
떠놓고 소지(燒紙)를 올리셨다'는 「엄마」인 것인가? 엄마는 얼
마나 그리운 존재인가.

　엄마가 가신지 한 달 쯤 되던
　어느 날 아침,

　나도 모르게
　울먹이다
　흐느끼다

마침내
목 놓아 울기 시작했다

방성통곡(放聲痛哭),

—「엄마 · 8」 중에서

그리고 시인은 '나 살아 있는 한/그칠 수 없는 방성통곡,'이라 덧붙인다. 시집 제3부는 제목부터가 「엄마」다. 연작인 「엄마」는 기존 시와는 달리 시적 긴장이 풀어져 있다. '한없이 고마운 엄마', '엄마에게 가 닿고 있을까', '엄마가 얼마나 아프신지', '엄마가 얼마나 힘드신지' 등 온통 '엄마, 엄마'라는 질러댐이다. 얼핏 어린아이가 엄마를 찾는 마음을 담은 동시처럼 들려오기도 한다. 언어로 하늘에 계신 엄마를 그려내겠다는 욕심을 소거한 채 오직 딸의 자세로 엄마를 불러보고 싶은 효심(孝心)이 읽히는 대목이다. 다음의 시는 별의 정체를 한층 가깝게 보여준다.

산자락에서
밤하늘을 올려다보면
대개가 별 밭이라
저 수 많은 별들 중
가장 빛나는 별은 울 아버지별이고
또 가장 빛나는 별은 울 엄마별인데

—「밤하늘」 중에서

그렇게 가 닿고 싶다던 별은 일단 하늘에 계신 부모님이다. 이어지는 시구(詩句)를 보자.

저리 아득하여도
바로 우리들의 삶이였을,

저리 총총하여도
결코 총총하지만은 않았을,

이 밤,
별들을 오래 바라보고 있노라니
일면식 없었던 별들이
오랜 친구인 듯
씨이익
웃음을 던진다.

'우리들의 삶'이 등장한다. 별이 하늘에 계신 부모에게서 지상의 삶으로 치환하는 순간이다. 나(지상의 존재) - 부모 - 별(천상의 세계)로 이어지던 세계가 갑자기 지상과 천상의 경계가 구분 없이 사라지는 합일의 세계로 다가온다. 이럴 때, 부모는 지상과 천상을 이어주는 다리로 자리한다. 궁극적으로 존재의 초월이 아니라 존재를 다시 확인하는 자리로, 그래서 시인에게 별과 하늘은 각별한 것이다. 여기서 앞의 글을 다시 퍼 와 본다.

'이름'은 존재의 처소(處所)를 가리키다. "이름이 무슨 의미가 있으랴"고 할 때 '처소기억(處所記憶)'은 홀연히 사라지고 그 자리엔 '우리들'이 자리한다. 안과 밖의 경계란 하나의 형이상학이란 것을 시인은 절감하고 있는 것이다.

불연기연(不然其然)의 세계는 시집 전체를 관통하는 열쇠말로 자리함을 다시 한 번 확인하게 한다. 그럼에도 나는 별의 세

계를 '하늘 길'이란 모호한 것으로 말해 두고 싶다. 아직도 박
서혜 시인의 길은 한참이기 때문이다.

박서혜 시집

마니산 자락

초판 1쇄 발행_ 2011. 3. 31

지은이_ 박서혜
발행인_ 윤미경
발행처_ 도서출판 다인아트
　　　　주소_ 인천광역시 남동구 구월3동 1096-19 3F
　　　　전화_ 032.431.0268 | 전송_ 032.431.0269
　　　　홈페이지_ http://dainarts.com | e-mail_ dainart@korea.com
디자인_ 장윤미
인쇄_ CNC 미디어 | 제본_ 과성제책
값 7,000원　　ISBN 978-89-89014-91-1